너랑 나랑

류동열 제2시집

시음사
시사랑음악사랑

QR코드 스마트폰으로 QR 코드를 스캔하면 시낭송을 감상할 수 있습니다 본문 시낭송 감상하기

 제목 : 내 마음은 녹아 봄이 되다
시낭송 : 박영애

 제목 : 고마운 당신
시낭송 : 박영애

 제목 : 시간이 주는 선물
시낭송 : 박영애

 제목 : 너랑 나랑
시낭송 : 박영애

 제목 : 어머니의 빈자리
시낭송 : 류동열

 제목 : 당신의 손
시낭송 : 박영애

 제목 : 노을
시낭송 : 박영애

 본문 시낭송 모음

영상은 YouTube 정책 또는 운영 관리에 따라 삭제될 수도 있습니다.

시인은 자연을 이야기하고 시낭송가는 자연을 품었다
글자는 날개를 달아 언어로 날고 소리는 자연에 눕는다

시인의 말

가을은 영혼을 기다리고 있다.
뜨거운 향기를 뿜어내던 여름이 떠나려고 한다.
따라가고 싶지도 않고
보낼 수는 더더욱 없는데
나는 가을의 덫에 걸려 잠시 멈칫거린다.
나도 이제 뜨거움을 느끼는 때가 지난 것이 아닌가 하는
두려움이 있다
푸릇한 젊음은 내려놓아야겠다는 생각은 있지마는
아직은 마음이라도 여름을 보내기가 싫다
여름이 지금도 내게는 알맞은 계절이 아닌가 싶다
내 몸에는 뜨거움이 있고
믿을 만한 패기가 조금은 있는 듯하여
욕심일까.
가을의 길목이라고 할까.
나를 가을이라 불러볼까.
"가을아"
대답이 없다.
아직 뜨거운 여름을 사랑한다.
파릇한 청년 때를 기억할 수 있어 감사한다.
가슴을 열어 놓고
가을에게 천천히 오라고 부탁 좀 해야겠다
그리고 멀리에 있는 가을 영혼을 기다리련다.
마음을 비워두어야겠다
백세시대, 삼분의 둘을 맞이했으면
뒤도 돌아보는 여유도 있어야겠다.

글을 쓰는 緣由(연유)이다.

시인 류동열

* 목차

내 마음은 녹아 봄이 되다······8

家族 ······9

절벽 ······10

고마운 당신 ······11

가을 잎 춤을 춘다 ······12

짐을 덜자 ······13

성탄의 예수님 ······14

익어가는 生 ······15

행복을 담근다 ······16

希望의 노래 ······17

아름다운 시작 ······18

축복이 내린다 ······19

아쉬운 12월 ······20

시간의 종 ······21

말씀의 무게 ······22

시간이 주는 선물 ······23

길 잃은 백성 ······24

너랑 나랑 ······25

반성 ······26

기적의 옷을 입는다 ······27

짙어가는 가을에 ······28

낙엽이 떨어지며 하는 말 ······29

한 말씀 ······30

가을의 연가 ······31

갈비 ······32

빛나는 날이여 ······33

낙엽이 되어 ······34

물방울이라도 되어 보자 ······35

어머니의 빈자리 ······36

가을 향기 38

낙엽의 아픔 39

일하시는 하느님 40

가족이란 41

사람들아 42

사람들은 무슨 마음을 가지고 있을까 ... 43

성모 우리 엄마 44

씨 뿌리는 사람 45

골목길 46

고통 속에서 희망을 찾는다 47

달그림자 48

임에게 49

잎이 떨어지며 50

사랑은 고리가 되어 51

사탕 52

이럴 수가 있을까 53

사람아 54

오늘의 기쁨 55

그 나물에 그 밥 56

겨레의 별 (호국의 달 6월) 58

우리집 봄 풍경 59

情이 쉬고 있는 오늘 60

黑心 61

犧牲(희생) 62

음료가 되고 싶다 63

그날이 오늘이라면 좋겠다 64

바우를 닮아라 65

하루살이 66

제발 좀 그만해 67

* 목차

내가 여기에 있는 이유................68

젊은 날................69

惜別(석별)................70

봄이 오는 길목................71

축복................72

행복의 시작................73

다음에는................74

配匹(배필)................75

너는 꽃으로 나는 향기로................76

하늘이 문을 열면................77

작은 우주................78

희망을 찾아................79

풀잎에 매달린 나................80

옆에 있어 주세요................81

진목정 순례................82

한 몸................83

이슬비................84

꿈속의 어머니................85

힘자랑................86

사랑의 맛................87

사랑이란 인연................88

가질 수 없는 날이여................89

시작................90

저와 함께 가요................91

소나기................92

떠나가는 여름................93

甲과 乙................94

바위와 같은 삶................95

세상에 나래를................96

코로나19의 아픔................97

晚 秋 ···················· 98
진주이야기 ·················· 99
자연이야기 ················ 100
쉼터 ···················· 101
소낙비 2 ················· 102
나뭇잎 ··················· 103
임의 길 ·················· 104
더위 사랑 ················· 105
그 길 ···················· 106
나뭇잎의 꿈 ················ 107
기쁜 날 ·················· 108
왜 삽니까 ················· 109
호박 사랑 ················· 110
주어진 오늘 ················ 111
우리라는 것 ················ 112
내 사랑 ·················· 113
함께 살아가기 ··············· 114
당신의 손 ················· 115
영혼의 덫 ················· 116
호반의 나래 ················ 117
오늘만 같아라 ··············· 118
임의 자리 ················· 119
보름 2 ··················· 120
양말 ···················· 121
경이롭다 가을 ··············· 122
아름다움의 절정 ·············· 123
노을 ···················· 124
가슴을 열어라 ··············· 125
희망으로 ·················· 126
아 울릉도 ················· 127

내 마음은 녹아 봄이 되다

얼음 밑의 해방
행복의 여유를 내는 봄
사람 마음 따뜻하게 녹여내는 봄이다

한파의 가슴에 온기를 주고
빛의 나래가 온 누리 펼치는
꽃비가 촉촉하게 내리는 봄이다

서릿발은 녹아 안개로 피어나
맑은 빛 애타게 기다리는 이
설익은 꿈을 꾸는 사람에게
삶에 애간장 태우는 사람에게
봄 꽃이 되어 달려왔으면 좋겠다
향기도 함께

엄동의 칼춤을 이겨내어
예쁜 꽃 곱게 피워 향기를 내놓아
벌 나비 놀러 왔으면 좋겠다

얼음 가슴 녹아내어
아픔은 기쁨 되고
배려와 용서 화합의 단지에
사랑이 수북하게 담겨졌으면 좋겠다.

제목 : 내 마음은 녹아 봄이 되다
시낭송 : 박영애
스마트폰으로 QR 코드를 스캔하면
시낭송을 감상할 수 있습니다

家族

세상에서 가장 아름다움을 얘기한다면
단연 가족의 화목이지요
부족함을 채워주고
헌신
나눔
희생
행복의 작은 세상

내놓으며 나누고
비우며 담겨지는
내놓아도
내놓아도
쉼 없이 솟는 사랑의 곳

고통
슬픔
시련을 이겨내고
꿈을 열어주는
축복의 곳
사랑이 마르지 않는 샘입니다.

절벽

큰 바위가 매달렸나
세상이 너무 무겁다
길이 없어 답답하다

가슴은 커다란 구멍이 났나
바람 소리도 요란하다
따뜻한 밤 별빛도 없고
포근한 밤 달빛도 없는데

반겨주는 사람은 있을까
기다려 주는 사람은 있을까
날 사랑해 줄 사람은
날 믿어줄 사람은

그래도 가야지.

고마운 당신

한 사랑이 되어
내 가슴에 꽃이 되어 머문 당신
고맙습니다

따뜻이 잡아 준 손
온몸에 온기를 주는 당신
따뜻합니다

커다란 사랑으로
쉼 없는 용기를 주는 당신
힘이 납니다

먼 길 함께하며
힘들고 고달파도 희망을 주는 당신
평안합니다

무거운 삶에
가볍게 등짐을 덜어준 당신
사랑합니다.

제목 : 고마운 당신
시낭송 : 박영애
스마트폰으로 QR 코드를 스캔하면
시낭송을 감상할 수 있습니다

가을 잎 춤을 춘다

갈바람이 온다

무지개 색동
아름다움 맘에 넣고

바람 따라 춤을 춘다
빨 주 노 초 파 남 보 무지개
화려한 춤 행복을 춘다
몸은 땀으로 촉촉하다
눈물일까
낼이면 흙으로 돌아갈 것에

비단옷 한 잎 한 잎 떨어내며
제 몸 상하는 줄 모르고
춤을 춘다.

짐을 덜자

어디든 달려가고픈 마음 가득한데
무거운 짐은 길을 막고 있다
답답하다

갈 곳도 많은데
발이 떨어지질 않는다

내게 자유로운 날은
내가 뛰어놀 날은 언제쯤 올까
어린이로 돌아갈 날은 올 수가 있을까
비우고 또 비워야 하는데
비워지질 않는다
언제나 오려나
그날은.

성탄의 예수님

아름다운 사랑
오늘도 쉼이 없습니다
빛으로 악의 세력을 쉬게 하시고
만민에 꿈을 주셨습니다
희망도 주셨습니다
포근한 사랑
우리를 안아 주셨지요
우리를 용서하셨지요
온 누리 사랑을 심고
삶에 희망으로
사랑의 참모습으로
우리에게 다가오셨지요
빛이 되라 하시며
빛으로 태어나게 하시고
세상의 삶에 엉겨 묻은 때
더덕더덕 딱지가 되었어도
사랑으로 곱게 닦아 주셨지요
세상에 오실 때
애기 구름 타고 외양간 구유에로
가난하게 오셨지요
오늘은
세상에 빛을 내는 이웃에
사랑을 내는 이웃에
고통으로 아파하는 이웃에
달려오셨지요.

익어가는 生

순간 지나가는 시간
잡을 수가 없는 오늘
나와 시간은 한 몸이란 걸 왜 모를까

벗어나야 하는데
떨쳐내고 싶은데
생각은 가득하지만
이미 떨어질 수가 없다는 두려움 가슴을 아프게 합니다

천천히 갔으면 하는 마음 간절하여
길목을 막고 있는데
등짝을 떠밀고 있는 시간
어떻게 이길 수 있는 재주가 없습니다.

행복을 담근다

사랑으로 씨뿌리고
행여나 상처 낼까 벌레를 잡고
가슴으로 안아 키운 배추

두 팔 뻗어 풀을 뽑고
굵은 땀으로 물을 대며
가을이 익어가며 내놓는 배추
한 가슴 수확의 기쁨을 누린다

기쁨과 시련이 겹겹 싸인 한 몸
소금 정화를 통한 정결례
흐르는 정화수에 씻은 부드러운 몸

온 가족 둘러앉아
희망을 가득가득 비벼 넣고
몸 틈새에 차곡차곡 사랑을 채우는
손맛의 깊은 정성 한 아름 행복을 담근다.

希望의 노래

보릿고개를 넘을 때
배고픔에 속이 아파 아리랑

삶의 고달픔 무거운 등짐
뱃속에서 꼬르륵꼬르륵
힘내라 힘내라 아리랑 아리랑

뼈가 닳아 삐그덕삐그덕
어렵게 살아왔던 어제의 삶이
의미가 없는 듯하여 아리랑

가슴으로 살았으면 하는데
마음만 앞서는 오늘에는
덧없는 시간만 축내고 지나간다 아리랑

콩 심은 데 콩 나고
팥 심은 데 팥이 난다고 했는데
한 몸 젊음 어제가 아쉬워 아리랑

오늘은 나에게
夕陽을 맞이하며 한마디
希望을 가지란다 아리랑 아리랑.

아름다운 시작

냇가에 모래알이 되어
물결 따라 이리저리 유영을 한다

이리 갔다
저리 갔다
힘 하나 안 들이고 물결 따라

왜 나는 약하고 힘이 없을까
왜 끌려다니기만 할까
제가 태어난 곳을 모르는지
제 초라함을 한탄한다

말씀이 들린다

얘야
너는 세상에서 가장 무겁고
힘이 센 바위였다는

너는 세상의 고통과 시련을
몸으로 부딪치며 탄생했다는

세상의 모든 건물은
너의 몸으로 이루어졌다는...

축복이 내린다

시간의 야속함을 슬기롭게 이겨내고
아름다운 生을 온몸으로 맞이하여
높은 곳에 집을 지으려는 너
사다리가 없어 올라가지 못할까
두려움이 가득한 우리들
힘냅시다 젖 먹은 힘까지

밤은 원하지 않지만
밤이 있어 새날이 있고
어둠이 있어 희망이 있어 숨죽이며 기다립니다

내일은 큰 가슴으로
고운 생각으로
아름다운 사랑으로
넓고 튼튼한 가슴으로
어둠의 장막을 열어 낼 수 있는 용기
축복이 쉼 없이 내리는 오늘을 奉獻합니다.

아쉬운 12월

아이고
겨울이 자꾸 깊어져 가네요
12월이 아직 남았다고
맘 푹 놓고 세월이 가든 말든
여유가 넘치고 포근했는데
아니 벌써 12월이 쐐기를 박았네요
오도 가지도 못하고 오동나무에 덩그렁 걸린
하얀 연이 되어 가슴만 내려칩니다

달력에
한 홉 큼 딱 며칠 남았습니다
어제의 11월 달력을 뗄까 말까 하다가 그냥
그냥 두었는데 옆 짝꿍이 인정사정없이 떼고는
아이고, 한숨을 쉽니다
마무리 잘해야겠습니다

아쉬움도
슬픔도
미련도
많은 것이 섭섭하지만 12월에 모두 실었습니다.

시간의 종

시간이라는 것이 나를 묶어 났네
쇠사슬보다 튼튼한 줄
너도 나도 끊을 수가 없습니다
바람처럼 구름처럼 떠나는
방랑자 철새이면 몰라도
사람은 시간의 종입니다

도망을 갈 수 없으며
어디에 숨을 수도 없고
어떤 재주도 벗어 날 수 없는
참으로 안타까운 삶의 현장
꼼짝없이 사람은 사간의 종입니다.

말씀의 무게

한 말씀이
천 냥 빚을 갚는다 한다
우리네 이웃들 말씀 한마디
고운 말씀은 너를 곱게 하고
미운 말씀은 나를 슬프게 한다

사람을 말로 내는 아름다움
세상의 무엇도 따를 수 없고
삶의 바탕에 예쁜 변화를 준다

말씀의 행태에 따라
슬픔도 있고
행복도 있고
아픔도 있다

말씀 안에 들어 있는 무게
말씀 안에 들어 있는 가치가

누구에게는 빛이 되고
어떤 이에게는 길이 되며
희망이 됨을 우리는 안다.

시간이 주는 선물

어제는 따뜻한 봄
오늘은 무더운 여름
조금 있으면 가을이 아름답게 익어갑니다

돌이킬 수 없는 파란 시절
뒤돌아보면 볼수록 가득한 미련

파릇파릇한 젊음
피고름 나는 삶에
굳은살이 생겨나고
하나 한가지씩 마무리하며
허리 굽는 소리 찌이익
무릎 펴는 소리 뚝, 뚝 소릴 질러 대어도
아프지만 시간이 내리는
소중한 선물이기에 감사합니다

허름하고 지친 가슴 활짝 열어 보면
그래도 부족하지만, 열심히 살아온
나를 크게 고마워하며 얼싸안고 싶습니다

빛바랜 오후의 삶
내일을 놓지 않으려는 날갯짓
넓게 펼쳐진 파란 화판에
아름답게 그려 넣고 싶은 무언가를
가슴 깊이 간직하고 싶은 오늘입니다.

제목 : 시간이 주는 선물
시낭송 : 박영애
스마트폰으로 QR 코드를 스캔하면
시낭송을 감상할 수 있습니다

23

길 잃은 백성

여기서 뻥
저기서 뻥
뻥튀기 소리에
우왕좌왕하는 선량한 백성들

여기가 어데요
저기는 뭔 곳이요
사람들 구름 위에 얹어 놓고
떨어질까 두렵다

마음 둘 곳
가슴 둘 곳 없는
선한 백성들 갈 곳이 없습니다

나라님 말씀은 길 잃고 방황 중이고
사람의 호통 소리는 메아리 되어 돌아온다

아,
힘없는 백성
새벽종이라도 두드리면 속이라도 시원하겠다.

너랑 나랑

너랑 나랑
뜨거운 가슴으로
아름다운 마음으로
두 팔 크게 벌려 안아 보자

키 큰 사람은 작은 사람에게
키 높이를 맞춰 주고

뜨거움이 가득한 너는
싸늘한 나를 안아다오

어려울 때
눈물이 날 때
따뜻한 마음 함께 하는 獻身

슬픔은 기쁨이 되어 달려오고
고통은 희망이 되어 달려오는
함께 발맞추어 갈 수 있나 보자

모두가 내놓은 거룩한 犧牲
내일은 꽃비가 되어
촉촉이 내릴 것임을 믿어 보자.

제목 : 너랑 나랑
시낭송 : 박영애
스마트폰으로 QR 코드를 스캔하면
시낭송을 감상할 수 있습니다

반성

땀방울인지
물방울인지
눈물인지
분간할 수 없는 것이 맘에 상처를 내었다

하늘에서는 빛도
하늘에서는 눈물도
하늘에서는 어둠도 있음을 알았으면 한다

사람들 가슴은
사람들 마음은
하늘의 뜻을 모르는 듯하다

하늘은 아버지
땅은 어머니라 한다
사람들은 무엇인가

사람들 하늘을 보고
사람들 땅을 보고
고통에 원망을 한다

자신의 부족함을
자신의 나약함을 모르는 듯하다.

기적의 옷을 입는다

새하얀 아침을 맞이하며
오늘도 기적의 옷을 입었습니다
지난 시간은 기억 속에 메어 놓고
신뢰의 마음으로
사랑의 가슴으로
내게 내린 기적을 맞이합니다
살아있어 숨 쉬는 것
긍정의 가슴으로
사랑하는 가족의 웃음소리를 듣습니다
사랑을 한껏 나눔
이웃과 정겨운 만남
온 것에 갈 수 있는 평화로움
찬란한 태양을 맞이하는 벅찬 가슴
한 잎 낙엽의 자유로움에
푸른 하늘 구름의 유영에
넓게 펼쳐지는 대자연의 향기를 품었습니다
꽃과 벌, 나비가 내놓는 사랑의 나래
고통도 행복으로 길을 가는 여유
세상을 여는 아기의 울음소리
붉은 노을이 전해 주는 희망
내일도 기적을 약속받았습니다.

짙어가는 가을에

아직은 겨울이 아님이 다행입니다
아침과 오후의 기온은 많은 차이를 두지만
창밖에 센 바람은 불어도 매섭게 차갑지 않으니
낙엽을 치우는 손이 시리지 않으니
아직도 많은 나뭇잎이 나무에 매달려 있는 것이
이 가을도 조금 더 기다려 주려나 봅니다
계절에 순응하는 것도 막을 수 없겠지만
아름다움을 간직하는 가을이
얼마나 오래 버티어 줄까 하는 기대
가슴을 불안하게 하는 것은 무엇을 의미하는 걸까요
짙어가는 가을에
떨어지지 않으려는 나뭇잎
아름다움을 오래 간직하려는 단풍잎
떨어지지 않으려 대롱대롱
이 가을 보내지 않으려는 처절함
홍시가 되어 가는 사람들의 몸
떨어지면 그만인 것에
떨어지지 않으려는 애착을 보며
올가을은 마음을 무겁게 합니다.

낙엽이 떨어지며 하는 말

힘이 다해
하나둘 떨어지는 낙엽
달콤했던 푸른 청춘
아름다웠던 삶을 뒤로하고

길가 이리저리
바람 따라 뒹구는
보잘것없는 낙엽

나무에 붙어 있을 때
폭풍도 견디어 내었고
뜨거운 햇볕도 참아 내었고
목마름 고통도 이겨내며 인내했던
지난날이 있었음을 기억해 본다

한 줌 흙으로 돌아가는 오늘
서러움이 앞을 가리지만
그래도, 나는 행복했었다고
바스락바스락 소리를 낸다.

한 말씀

듣고 싶은 한마디
행복하세요
사랑합니다
고맙습니다
덕분입니다

용서를 구하는 한마디
죄송합니다
잘못했습니다
용서해 주십시오
제가 부족했습니다

격려를 해주는 한마디
수고하셨습니다
애쓰셨습니다
고생하셨습니다
힘내세요
참으로 잘하셨습니다

말씀 한마디가
천 냥 빚을 갚는다는 속담이 있다.

가을의 연가

가을이 되면
잘 익은 과일이 되고 싶다
사랑하는 임께 맛있게 먹게

갈 바람이 되고 싶다
한여름 땀 냄새 좀 날려 보내게

부드러운 갈대를 닮고 싶다
힘든 삶 찌든 삶 부드럽게 맞이하게

아름다운 단풍이 되고 싶다
여기에서 저기에서 사랑 좀 받게

가을 꽃 되고 싶다
사람으로부터 관심 좀 받게

향기가 되고 싶다
향기를 내놓는 사람이 되게.

갈비

갈비가 오네
이제 추워지려나 보다
그냥 이대로가 좋은데
아직 갈 단풍 색동이 좋은데
큰비는 아니지만
걱정이 된다
추워질까 봐
단풍이 다 떨어질까 봐
가을이 멀리 떠날까 봐

틈 없는 하루가 힘은 들지만
왠지 이 가을을
떠나보내기가 더 힘들다
이 가을이 떠나면
아름다운 단풍이 떨어지면
나도 조금씩
차가운 역사 속으로 떨어지겠지.

빛나는 날이여

하늘의 빛이 세상에 오면
온 누리 빛을 향한 몸이 되어

어둠도
그늘도
검은 마음도
하얀 마음도
설익은 사랑도
가슴을 열어 맞이하고

빛 안에 세상이 하나이듯
세상은 기쁨의 환호가 들려오고
가슴에는 사랑이 넘쳐 물처럼 흐릅니다

평화가 길을 여는 세상
용서와 화해는 한 몸이 되어 행복을 노래합니다.

낙엽이 되어

어제
오늘
그리고 내일
내 청춘 젊음은 어디에 있나

바람 따라
계절 따라
세월을 맞이하며
아쉬움에 목 놓아 울고

바람 앞에
외마디 소리 없이
땅으로 곤두박질친다

아쉽다
서럽다
눈물이 난다
그래도, 맘은 편안하다

난,
할 일을 다 했으니까.

물방울이라도 되어 보자

하늘과 땅
세상의 공기는
어제와 다름이 없다지만
계절은 쉼 없이 변해가고
이렇게
저렇게
하루가 바뀌어 가는데

달력 속에
년 도의 숫자도
수없이 앞으로 달려가고 있는데
떨어지는 물방울은 바위도 뚫는다고 했는데
흐르는 시간 속에 나는 무엇을 하고 있는지

생각과 마음 모두가 제자리
변함없는 日常
가슴 문짝이라도 활짝 열어 놔야겠다.

어머니의 빈자리

아직도 새색시 적 어머니
먼 길 떠나는 아버지를 배웅하며
복받치는 애통함에 가슴이 터집니다

아버지 일찍 우리 가족을 떠나셔서
뒷산에 자리 마련해 드리고 오시며
볼에 흐르는 눈물은 땅을 적시고
아버지 가실 적에 말씀 한마디
아이들 잘 키워 달라는 부탁은
어머니의 심장을 멈추게 합니다

수많은 시간을 홀로 맞이하며
두려움과 서러움을 한 아름 안고
인고의 삶을 맞이하신 어머니
당신께서 머물고 간 자리는
지금도 눈물 자국이 그대로 남아 온기 가득한데
당신께서 계시질 않으니 눈물만 나옵니다

몸은 부서져 한 줌의 진토가 되었지만
그 사랑은 오늘도 함께 계심을 압니다

험난한 삶에 별이 되어 주신 어머니

자식을 위한 한 줌 한 줌 내놓은 생이

헌신과 희생의 여정이었음을

많은 시간이 지난 지금에

제 가슴이 아리고 작아지며 뜨겁게 느껴짐은 무엇인지요

오늘은 하늘에 계시기에 뵈올 수 없지만

제 마음은 항상 어머니 곁에 있겠습니다.

 제목 : 어머니의 빈자리
시낭송 : 류동열
스마트폰으로 QR 코드를 스캔하면
시낭송을 감상할 수 있습니다

37

가을 향기

가을이 시작인가 했는데
한참을 지나고 있다

높은 하늘
길가 여행을 떠나는 낙엽들

갈 바람 소리도 들린다
향기도 난다
한가로운 구름의 유영
가을은 자유다
가을은 해방이다

반짝이는 햇볕
해맑은 바람
두툼해진 자연의 자태
가을이 익어가고 있다.

낙엽의 아픔

낙엽이 우리 집에 놀러 왔다
어떻게 왔는지
왜 왔는지
세상 여행하다 들른 건 아닌지
아니면 잠시 쉬러 왔는지

내보내도 다시 오고
쫓아내도 다시 오는
마당 모퉁이에 옹기종기 앉아 있다

센바람은 크게 힘을 내고
쉼 없이 날아드는 낙엽
이리 갔다가 저리 갔다 몸도 가누질 못한다
가까이 있을 가을을 맞이하려는 것인지

곱게 차려입지는 않았지만
제법 서늘한 바람에 몸을 움츠리며
서로서로 꼬옥 껴안고 추위를 이겨내고 있다.

일하시는 하느님

새벽하늘을 바라보세요
새날의 탄생이 보입니다.

맑은 공기 새벽 물가 안개의 유영을
풀잎을 미끄럼 타는 이슬의 영롱함을
파란 화판에 구름의 길 나섬을
하늘에 찬란한 빛의 향연을 보세요

대지를 촉촉이 적시며 더위를 식혀주는 소나기를
山野에 피고 지는 꽃들 꿀벌과 나비의 고마움을
논과 밭의 곡식 수많은 과일을
하루를 마무리하며 저녁노을의 환희를
축복 속에 태어나는 우리 아이들을 보세요

하느님은 오늘도 일하시고 계십니다.

가족이란

누구도 넘볼 수 없는 구역
힘으로도 뭉갤 수 없는
단단한 사랑의 고리로 이어져 있다
비바람
태풍
폭풍이
폭우가 울타리를 넘으려 애를 써도
넘을 수 없으며 무너뜨릴 수도 없다
삶이 짐이 무거워 힘에 겨울 때
슬픔이 가득해 마음이 아플 때
고통이 가슴을 아리게 할 때
함께 나누어 짊어졌고
눈물이 날 때 닦아주고 같이 울어 주었다
아파할 때 함께 아파하며
한마음, 한가슴으로
변치 않는 믿음
사랑으로 여기에 있어야겠다.

사람들아

사람들 가슴은
사람들 마음은
사람들 생각은
하늘의 뜻을 모르는 듯하다

하늘은 아버지 땅은 어머니라고 한다
사람은 무엇에도 참으로 귀한 아들딸이 아닌가

사람은 부모를 소중하게 생각하고 있지만
잘되면 내 탓
잘못되면 부모 탓

사람들은 재앙에 대해
하늘을 보고 땅을 보고 원망을 쏟아낸다
잘되면 내 탓
안되면 남 탓으로 돌리는 어리석음
모두가 내 탓임을.

사람들은 무슨 마음을 가지고 있을까

사람의 마음은 네모일까
사람의 마음은 세모일까
사람의 마음은 동그란 할까

미운 상대를 만나면 네모가 되고
필요 없는 상대를 만나면 세모가 되며
고운 상대를 맞이하면 동그랗게 되는
내 마음은 어디에 있을까

네모난 마음은
나를 절벽에 밀어뜨리고
세모난 마음은
너를 찌르며 아프게 하며
동그란 마음은 모두를 사랑하고 기쁘게 한다

네모난 마음은 시간의 항아리에 넣고
두드리고 무너트려
동그란 마음으로 다듬고 만들어 본다.

성모 우리 엄마

우리 엄니가
구름 타고 가십니다

깨끗한 영혼
정결한 육신
하느님께 드려
하늘에 오르십니다

세상에서 얻어진
고통
슬픔
외로움을
가슴에 간직하고

삶을 통하여
아름다움
나눔
배려
행복
사랑
용서
기쁨을 빛으로 심었습니다.

* 성모승천 날에

씨 뿌리는 사람

말씀은 생명이 되어
예쁜 씨앗으로 사람의 가슴에 내렸습니다

말씀은 요람에서 筍(순)을 틔우며

너는 빛이 되어라
넌 별이
너는 달이
모두는 해처럼
세상을 밝혀야 한다며
말씀으로 다가옵니다

버릴 것 없는 말씀
막힘없이 흐르는 냇물을 닮아
쉼 없이 사랑을 솟아내는 우물이 되라고 합니다.

골목길

세상으로 나가는 길
온몸 부대끼며
사람 냄새가 나는
이웃과 인사를 나누며
세상으로 나가는 길입니다

움츠려진 몸
텅 빈 주머니
볼일도 없고 할 일은 없어 보이지만
발걸음에 힘이 있음은
보잘것없는 삶
주머니에 넣은 두 손은 힘이 쥐어집니다

골목길은
사랑이 숨 쉬는 곳이며 정겨운 길입니다

조금만 가면, 조금만 더 가면
촉촉하고 부드러운
희망이 녹아 있고
꿈을 싹 틔우는
황톳길이 나올 것입니다.

고통 속에서 희망을 찾는다

마스크 덮어쓰고
숨 쉼이 힘들어도
어떻게 할 수 없는 상황
누구에게도 원망할 수 없는
이웃에게 불편이 없을까 하는
노심초사 미안하고 죄송한
그래도 벗을 수가 없는 상황
답답하다 불편하다

어쩔 수 없는 오늘이 서글프다
모른 척 떨쳐내고 싶은 심정이나
밉다며 가라고 밀어내어도
점점 더 견고히 자리하는
두려움
고통
슬픔을 보너스로 주는 네놈이 싫지만
아픔을 주어도 내일은 화해를 해야겠지....

달그림자

어둠을 가르는 빛
세상에 가득한 장벽을 쉼 없이 지워 없앤다

온 힘을 다해 싸워 내는
긴 시간에 부담이 갔던지
힘이 드는지 떠날 채비를 한다

누가 가라고 밀지도 않는데
구름이 짙게 덮이며 빛을 잃어가고
세상은 아우성 어둠의 장벽을 치려 한다

멀리 떨어져 따라가는 기다란 꼬리
지친 몸 가누질 못하는 자신
잠시 머물다 간다고 애써 아쉬움을 감추며

내일 또 나와야 한다는 것에
작별 인사도 없이 그림자만 길게 남기며
왔던 곳으로 돌아간다.

임에게

떠나간 사랑
잡을 수도 막을 수도
어둠의 길 밝혀 줄 수도 없는
한 몸은 아쉬움만 가득합니다

수백 먼 길도 아니고
잡으면 잡을 듯한데
달려가면 곧 닿을 곳인데
왜 이렇게 먼 길입니까

시간은 쉼 없이 오늘을 뒤로하는데
텅 빈 가슴은 바람에 쓰러질 듯
주체가 안 됨은 어찌합니까

맘은 임에게로 달려가고
몸은 여기에 제자리 멈추어
먼 산만 바라보는 망부석이 되어 갑니다.

잎이 떨어지며

미안합니다
거리가 어지럽군요
청소미화원 아저씨를 크게 힘들게 했군요
용서해 주세요
저로선 아무 힘이 없답니다
바람 님의 탓도 아니며
해님의 탓도 아니며
계절의 탓도 아닙니다
제가 너무 나이가 들어
나무에 붙어 있을 수가 없어 그만

그래도 사랑해 주세요
저는 최선을 다해 그늘을 주었고
공기를 정화시켜 깨끗한 공기를 내었으며
햇볕을 가려 뜨거움을 식히고 쉼터를 내주었고
방방곡곡 산과 들에 아름다움을 내놓았지요

이제는 흩날리며 흉하게 되어 버린 저
내일이면 썩어 거름이 되어야 하는 저
오래오래 고운 단풍으로 기억해 주세요.

사랑은 고리가 되어

하늘의 큰 문이 열렸습니다
큰 사랑이 온 누리를 향하여
멀리 널리 퍼져 나갑니다

마음에서 마음으로
작은 마음에서 커다란 마음으로
살포시 나눔입니다

높은 하늘에서
저 멀리 땅끝까지
소외되고 있는 이에게도
행복을 등에 업어 날아갑니다

마음의 고리로
낮은 곳 높은 곳으로 어디든
쉼 없이 옮겨 갑니다.

사탕

사탕
입안에 넣고
우물우물

입안 세상에는 전쟁이 났습니다

천천히 먹으려는 이웃과
빨리 먹으려는 이웃
많이 먹으려는 이웃이

한없이 빨려 들어가는
달콤하고 새콤함에
몸 상해 가는 줄 모르고 있습니다

사탕발림 달콤한 말
온 누리에 씨가 되어 뿌려지고

사람들
달콤함에 줄줄이 사탕이 되어
이리 시달리고 저리 시달리는
로봇 인생이 되어 갑니다.

이럴 수가 있을까

좋은 일만 해도 시간이
없을 텐데

자기 뒷일도
많을 텐데

사랑을 베풀 시간은
더욱 없을 텐데

직책의 소임도
제대로 하기가 힘들 텐데

이웃의 아픔도
헤아리지 못할 텐데

온 民이 입은 상처
치료해 줄 수도 없을 텐데

나라를 쥐고 흔드는 위정자
국민의 눈물도 닦아주지 못할 텐데
왜, 이럴까

사람아

사람들은 하나같이 자기가 최고라 하지요
세상에서 나는 어떻게 살고 있습니까
옆집이 어떻게 지내고 있는지를 알고는 있지요
나에 관한 뒷이야기는 듣고 있는지요

나를 싫어하는가를 생각해 보았습니까
어제의 부족함을 기억합니까
잘난척하지 않았습니까
칭찬을 많이 듣고 있습니까
고맙습니다를 몇 번이나 들어 보았습니까

발 없는 말이 천 리를 간다는 말이 있다
너는 뒷말하는 사람은 아닌가요
하루 몇 번이나 좋은 말을 하는지요

이웃을 내 몸같이 사랑합니까
이웃을 위해 봉사를 하고 있습니까
어떻게 살아야 답게 사는 것인지 알고 있습니까
사랑합시다
좋은 말만 합시다
칭찬 많이 합시다
이웃에 감사합시다.

오늘의 기쁨

오늘이
어제보다 기쁨이 더 함은
내일이라는 기적이 나를 기다리고
희망이라는 꿈이 있음입니다

사랑을 가슴에 머금은 마음
행복으로 기쁨이 채워지고
삶에 부드러운 숨을 쉬게 되어
나 여기 있음을 감사합니다

밝음이 어둠을 포용하듯

빛을 내어 준 세상에
이웃에
당신에
포근하게 안기고 싶습니다.

그 나물에 그 밥

잊혀간다
동족 간의 피비린내 나는 아픔
긴 시간을 달려왔지만, 아직도 멈추지 않는 싸움
많은 세월이 지나갔어도 전쟁은 끝나려 하지 않는다

正義이라는 달콤한 사탕은 부작용을 만들어
내가 옳으니 네가 옳으니 머리끄덩이 잡고
오늘도 아옹다옹 침이 튀는 말싸움은 끝이 없다

피아의 상처가 아물지 않았는데 다 나은 양 감추고
빛바랜 헌책 넘기듯 책장만 넘기면 되는 건지
과거가 없는 오늘만 들먹이며 목을 조아린다

잊을 수가 없는 고통의 삶을 살고 있는
상처 입은 백성은 등 뒤에 미루어 숨겨 놓고
눈에 보이는 안위만을 위해 손사래 하는 위선자
어찌할꼬 대한민국에 내려진 고통의 늪은 산을 넘어
불난 집에 기름 붓는 역경의 흐름이 보인다

실타래 엉키듯 이리 엉키고 저리 엉키는 난제들
깊이 파인 골은 누가 메꾸려는지 어느 누구도 침묵
실선 하나 긋고 이쪽은 내 땅 그쪽은 네 땅
동네 꼬마 땅따먹기 놀이를 하는 위정자들의 난
힘의 무게에 어깨를 들썩이며 힘자랑하는 우두머리
애닳는 간장 녹여놓고 언제 그런 양 시침이 뚝 떼는
소리 없는 전쟁 으름장만 놓으면 다 될성싶은가

이제 힘으로 하는 싸움은 내려놓아야겠다
민초 백성은 무서움의 두려움에 몸을 떨고
배고픔에 허덕이는 어둠의 백성은 새날을 기다리고
칼로 이룬 것은 칼로 망한다는 말씀을 기억했으면
아! 대한의 평화는 언제나 올까.

겨레의 별 (호국의 달 6월)

낮은 곳에서
나라의 부름에 답으로
한 마음 드려 빛이 되신 임

사랑했던 부모
사랑했던 가족
사랑했던 사람
사랑했던 벗을 뒤로하고

山野(산야)
높고 낮은 곳 누비며
祖國(조국)을 범한 무리를 맞이하여
한목숨 내어 가슴을 방패로
祖國을 守護(수호) 무궁화로 피어났습니다

맨손의 육신은 散華(산화) 방방곡곡에
塵土(진토)로 겨레의 꽃 한 민족의 魂(혼)으로

아름다운 금수강산 가슴에 살아 숨 쉬며
영원무궁 대한을 밝히는 별이 되었습니다.

우리집 봄 풍경

봄바람 따라왔다가
아무도 모르게 제 할 일만 하고
묵묵히 마무리하고 떠나는

여기저기에 숨을 불어 넣어
바람을 벗으로 새싹 틔우고
만남의 인연으로 꽃을 가득 채웠다

살구꽃
매실꽃
체리꽃
앵두꽃을 피워내고
보리도 훌쩍 키워 놓았다

이제 돌아가야 한다고
내가 할 일을 다 했다고
마음 아쉬워 뒤돌아보는데

손톱만 했던 감잎
예쁘게 자라 아기 손 되어
초록 잎 반짝반짝

어린 매실 청보석 가족
주렁주렁 선보이며
잘 가라 딸랑딸랑 인사를 한다.

情이 쉬고 있는 오늘

깜깜합니다
달빛
별빛이
가로등이 자리를 비운 듯
세상은 점점 어둠은 짙어가고
사람들 마음도 어두워지고 있습니다

사랑의 빛도
나눔의 실천도
소중한 신뢰도
아름다운 배려도
평화와 용서도 식어가고 있습니다

어제의 동무는
무서운 악이 되어 다시 환생을 하는

움직이지 않은 사랑
빛을 잃은 미래
아름다운 희망은
한 몸이 되어 모두가 침묵입니다.

黑 心

속과 밖이 다른 철의 장막 사람들
우리들이 생각할 수 없는 묘수를 내고
그 수를 아무도 풀 수 없는
미로 화하여 대한민국을 기만하고 있다

이제 그들의 술수를 공부하여
그리고 많은 여론 속에서 찾을 수 있음은
참으로 다행이라 생각한다

이제 우리의 정신 무장이다
어떠한 술수에도 동요하지 않는
강건한 투사가 되어야 할 것이다

대한민국 내 나라는 우리 자녀가
子
子
孫
孫
맞이하고 누려야 할
영원한 곳이어야 하겠다.

犧牲 (희생)

많은 이들이 맞이하는
일상적인 것

버릴 수 없는
소중한 것

눈으로 볼 수도 없고
만질 수도 없는

비처럼 내리는 빛
소리 없이 스치는 바람
목마른 이 한 모금의 물
말없이 내놓음을

힘들고 어렵게 얻어진
사랑
행복
평화

모두를 내려놓고 비우며
무게를 낼 수 없는 사랑.

음료가 되고 싶다

길이 있다고 하여
한 걸음 두 걸음 무위적 발 옮김
허탈함은 세상에 갈증을 느끼게 한다

갈대가 되어 흔들거리는
바람에 끌려가는 나뭇잎처럼
가벼운 마음이 아니다

나도
물 가득 머금은 구름이 되고 싶다
시원한 바람이 되고 싶다

모두가 기다리는
한줄기 소낙비가 되고 싶다
땅의 목마름을 촉촉이 적셔주는
갈증에 한 모금의 음료가 되고 싶다.

그날이 오늘이라면 좋겠다

봄날은 쉼 없이 오늘을 가는데
억압에 꽁꽁 매여 울부짖는
민초의 해방은 언제나 오려나

주인 없는 日常
너는 사랑문을 닫았고
나는 행복 문을 닫았으며
나라는 세상의 문을 닫았다

언제나,
이웃집이 문을 열어줄까
어떻게 하면 불통이 물러갈까
언제나 모두에게 평화가 올까

나라 사랑도 좋고
국민 사랑도
이웃 사랑도 좋지만
불신은 끝없이 진행 중
밝은 내일 손꼽아 기다려지는
희망은 구름을 타고 간다.

바우를 닮아라

큰 힘을 막는 방법은
부딪히는 것이 옳겠지만

무식하고 지혜롭지 않으나
품을 수 있어야겠다

힘의 균형이 깨지는 것은
삶과 작별이기에....

바우(바위)는
작은 파도나 커다란 파도나
묵묵히 제자리에 품어낸다
흐트림 없이 조용히.

하루살이

아름다운 生 빛나는 삶
꽃다운 젊음이 오래도록
이어질 수 없는 오늘이 되어

내일은 결코 올 수가 없고
너와의 약속은 더더욱 할 수가 없는
생의 아름다움은 기억에도 없다

한 번이라도
뜨겁게 사랑하고 싶다

소박한 만남이 아닐지라도
따뜻한 사랑이 못되더라도
정겨운 이웃과 행복한 오늘을 만들고 싶다

빛바랜 오늘이 최고의 날이 될지라도
순간 내가 세상을 떠나 여기에 없어도

혹시,
내일이 없는 마지막 날이 되어도.

제발 좀 그만해

위정자들의 행태를 보노라면
자고 일어나면 한숨
걱정거리가 산더미다

일을 시작하면서 원망
손에 잡히는 것은 분통

한낮의 가슴 틱는 소리
곧 터질 것 같은 심장소리 들으면

오가는 이웃들 찌그러진 얼굴
무슨 말을 하려 하면 주먹부터 나올 듯

이리 보고 저리 봐도
한탄 소리만 메아리 되어 온다.

내가 여기에 있는 이유

내가 여기 있음은
좋은 당신이 있기에

내일을 기약할 수 있음은
세간의 만남이 행복하였기에

웃음을 내놓을 수 있음은
사랑하는 이웃이 있기에

가슴을 활짝 열 수 있음은
당신의 진실을 보았기에

어둠의 가림막을 열 수 있음은
당신의 따뜻한 사랑이 있기에

고맙습니다
사랑합니다.

젊은 날

시간이라는 임은
나를 기다려 주지 않았고
아픔의 긴 시간이 되어
날 안아 주지도 않았다

내 많이 부족함도 있으나
내가 그 속에 없음이었다

어느 순간도
안주할 수 없는 오늘
늘 긴장 속에 두려움만 가득했다

변화, 새로운 모습의
하늘 구름이 자유롭긴 하지만
제 홀로 움직임이 아님을 보면

누구나 홀로의 삶이 아닌
소중한 만남으로 내놓고 얻어지는
아름다운 굴레의 시작이 아닌가 싶다.

惜別(석별)

만남을 소중히 하며
오늘을 가슴에 담았습니다

짧은 시간
멈추어 버린 인연
아쉬움이란 슬픔 속에

한 아름 정
한 가슴 사랑
큰 행복을 채워놓고

멀리 떠남의 이별은

긴 여운을 여기에 남겨 놓았습니다
아픔이란 이름으로....

* 동무를 앞서 보내고

봄이 오는 길목

새순은 가랑잎 사이로
뽀얀 얼굴을 내놓으며

센 바람 녹여
꽃바람 만들려

찬 바람에 지친 들
한숨 돌린다

끝이 없을 寒風
지칠 줄 모르더니

지나는 객이 되어
잡힐라 줄행랑

잘 가라는
인사도 못 받는구나.

축복

축복이
바람 가마를 타고 온다

하얗다
깨끗한 사랑이 되어
높은 산 위에도

저 끝
길 모롱이에도

하늘은 쉼 없이 끝없이
하얀 꽃을 내려 준다

너에게
나에게
모두에게....

행복의 시작

어제 얼굴
쌩글쌩글

오늘 얼굴
벙글벙글

환한 웃음 가득
넘치는 사랑

이렇게 나누고
저렇게 내놓다 보면

찡그린 마음
빛을 받아 그늘을 내리고

가득한 행복
여기에 머무르게 한다.

다음에는

바람이 온다
부드럽게

자리를 비운다
해님이

구름이 머물러 있다
하늘 구석에

비가 내린다
촉촉하게

이제 사랑하고 싶다
뜨겁게.

配匹 (배필)

내 몸이요
내 몸에서 나온 사랑

하늘이 맺어 준
끊을 수 없는 줄에 묶여

사랑으로 둥지를 틀고
알콩달콩 행복 하늘이 내린
아들
딸

뜨거운 정성
애틋한 사랑 듬뿍 주어
예쁘게 가꿔내고

고통은 인내로
슬픔은 끈기로
세상을 맞이하며

먼
훗날을 기약하니
가슴 벌써 콩닥콩닥.

너는 꽃으로 나는 향기로

오늘은
하늘에 내놓고

내일은
세상에 맡기네

나는
너의 무엇이 되려

너의 마음을
내 가슴에 담아 놓았네

나는 꽃으로
너는 향기로

모든 것을 사랑으로
먼 길을 같이 가려 하네.

하늘이 문을 열면

하늘이 문을 열었습니다
한 가슴 빛을 담았습니다

말씀은 희망이 되었습니다
어둠의 막을 걷어 냈습니다

마음
잔잔한 호수 되었습니다
행복을 가득 담았습니다

갇힌 세상은 빗장을 풀고
하나둘 나누었습니다
모두가 부자입니다.

기뻐합니다
노래를 합니다

하늘에는 영광
땅에서는 평화입니다.

작은 우주

두툼한 안개 이불은
온 산을 늦잠에 가둬 놓았다

새날이 오는 줄 모르고 단잠을 자다
해님 하늘 높이 오르고야
산속 가족들 기지개를 켜다

목마름 채우는 쉼 없이 솟아내는 생명수
골짜기 굽이굽이 세상으로 여정
오늘도 먼 길을 떠나며 노래를 부른다
졸 졸 졸

설익은 햇살
부드럽게 쳐놓은 솜털 문을 활짝 열어
하루 시작을 알리고 있지만

풀잎에 총총 맺은 구슬
찾아가는 주인 없어
천길만길 낙하를 한다.

희망을 찾아

끝은 보이지 않고
튼튼한 큰 장벽만이

어디에나
동서남북 높은 담

튼튼한 밧줄이랑
사다리가 필요해요

맛있는 자유를
잘 익은 평화를 찾으러
우리 함께 갑시다

힘모아 밧줄이 되고
모두는 한 칸 한 칸 사다리가 되어
새 희망을 찾으러 갑시다.

풀잎에 매달린 나

어젠
새털 바람이 왔는데

오늘은
산들바람이 지나고

내일은
폭풍이 오려는가 보다

담 옆 피하려 했지만
무너져 흙으로 되돌아가
찾아 의지할 수가 없고

마음은 벼랑 끝
아슬아슬 풀잎에 매달린 나비가 되어
대롱대롱 폭풍과 사투를 한다.

옆에 있어 주세요

제가 많이 힘들어할 때
함께해 주신 님

제가
슬퍼할 때도 옆에 계셔 주세요

내일 여기에
큰 눈물을 내놓으면
커다란 수건으로 닦아주시고

모래 여기에
힘이 센 바람에 부닥치면
높은 벽이 되어 주세요

슬픔이 있어도
눈물을 흘리지 않을게요

커다란 고통이 있어도
환하게 웃음 보여 드릴게요.

진목정 순례

하늘 아래 구름 지붕
실록의 숲을 가리우고

스치는 한 점 바람이
하늘을 열어 보입니다
순교의 칼 자국입니다

계곡물 청량하여 한 모금
마음을 정화
영광은 하늘에 올리고
순교의 거룩함 가슴에 채웠습니다

높이
하늘 말씀은
싹 틔우려 마음에 심어 놓았습니다

나를 드리는 하늘 순례
아름다운 만남입니다.

한 몸

이슬이 톡톡 톡
샘물이 퐁퐁 퐁
골짜기 졸졸 졸

강물이 침묵을 지키며
긴 여정을 내리고

넓은 가슴에
아름다운 생각에
모두를 품었습니다

너는 내 몸
나는 네 몸
우리는 한 몸
우리는 사랑입니다.

이슬비

촉촉하다

하늘이 내리는 사랑인가
가슴에 품고 싶다

깊이 느낄 수는 없지만
소리 없이 내리는 희망인가
고통의 몸으로 스며드는 평화인가

몸은 젖어가지만
왠지 싫지가 않음은 무엇인가

목마름에 허우적대는
나를 위해 벗이 되어준 한 방울의 사랑
네가 있어 행복하다.

꿈속의 어머니

반백 년
홀로 맞으시다 꽃가마 타고
하늘에 오르신 어머니

이 밤은 향 구름 타고
천천히 오시옵소서

오늘은 여기 곳에서
내일은 꿈속에서
고운 웃음 주시옵고

긴 세월 설움에 눈물 훔치며
맨몸으로 맞은 고통의 멍에
이제는 모두 내려놓으소서

힘듦 증표 없는 모습
다시 뵈옵길 소원합니다.

힘자랑

별들이 힘자랑을 합니다

힘이라는 게
반짝 반짝
밤하늘에 수놓는 것

침묵이 흐르는 고요함 속
빛의 밝기입니다

미움도
슬픔도
고통도
불행도
아픔도
모든 세상이 힘자랑합니다

희망
행복
평화
정의
용서
사랑도 힘자랑을 해야겠습니다.

사랑의 맛

어떠한 모습일까
어떠한 맛일까

샘처럼 솟고
물처럼 흐른다고 하던데

볼 수도 없고
만질 수도 없는
참으로 오묘하다

받을 때는 행복하고
떠나면 안타까워하며
웃기도 하고 울기도 하는

많은 사람들
맛있게 잘 먹고 있지만
과하면 쓴맛이 난다고 한다.

사랑이란 인연

사물의 시작은 찰나의 스침에
순간의 채워짐을 존중한다

너와 나는
만남이라는 인연을 사랑으로

숨소리도 함께하며
아름다운 마음을 내놓게 되었다

콩닥거리는 가슴도
두근거리는 마음도
아름다운 보석으로

작은 의견도 소중히 하여
함께 여는 삶 희망으로 채워
내일은 행복을 찾으러 간다.

가질 수 없는 날이여

기쁨을 찾으면
여기도 있고
저기도 있다네

힘듦도
여기에 있고
저기도 있다네

둘 다 함께 할 수도
나눌 수도 없는 처지

기쁨 속에 힘듦이 있고
힘듦 속에 희망을 기억하세

주어진 시간은 많지 않지만
소중히 가꾸고 다듬는 그날
아름다운 기억으로나 남아 주겠지.

시작

두근거리는 맘
쿵 쿵 쿵
가슴 뛰는 소리

내 마음을
들었다 놓았다
콩닥콩닥 콩닥닥

끝이 보이지만
꼭대기는 아직

오를 수 있을까
제 아니 오르고
못 오른다 할 수야.

저와 함께 가요

뜨겁습니다
바로 저의 맘
저의 열정입니다

식을 줄 모르는 격동의 오늘
임들이 계시기에 희망을 보았고
작은 몸 움츠려 여기에 있습니다

한 틈의 빛살은 강하지만
정도가 있어 제자리에 있고

열린 광채는 막음이 없어
온 누리가 밝아 함께합니다

임이여
틈새가 아닌 빛이 되어
넓은 길 가려는 저 함께하소서.

소나기

소나기가 온다 시원하다
천천히 가라 한다
한숨 돌리고 가라 한다

빗방울 인지
땀방울 인지
눈물 인지
얼굴을 가렸던

온몸을 뜨겁게 달구며
내놓았던 열정의 나래
잠깐 쉬어가라 한다

찰나의 시원함을 내어
가는 길 촉촉이 적셔주는 소나기
잠깐 쉬어가라 한다.

떠나가는 여름

설익은 갈바람
뜨겁던 대지를 스쳐 갑니다.

여름을 비껴가려
살포시 애쓰는 모습
시원섭섭 마음이 아프지만

나이는 숙성이 되고 다듬어져
희망의 풍요로움이 있기에
그냥 보내려고 합니다

그곳에는
사랑의 勞苦가 익어가고
결실이 있어 그런가 봅니다.

甲과 乙

얻을 땐 제 맘대로
버릴 때도 제 맘대로
모두가 내 것인 요즘 세간

못났든 잘났든
신의를 저버림은 없어야 하는데

배신의 정치
비겁한 정치로 인하여
신뢰가 더 무너지고 있다

비겁한 관계자는 스스로
오늘을 떠나 자숙을 해야 하고

침 튀는 언성을 듣기 전에
침 받는 몸뚱이가 되기 전에

스스로 반성하며
양심에 독침을 박지 말아야겠고
내일은 내 삶에 흠이 없어야겠다.

바위와 같은 삶

바위의 오랜 삶의 여정
깨지고 부서지며 나의 존재는

자연이라는 시련을 맞이하며
이리 받치고 저리 부딪치고
모진 고통은 모래가 되었습니다

나는 건물로 새로 태어나
사람의 마음을 움직이고
생각으로 가슴에 스며듭니다

긴 시간의 여정을 맞이하며
온갖 시련 속에 작게 부서진 나
비로소 세상을 얻었습니다.

세상에 나래를

하느님의 靈이 내렸다
날 보고 세상에 내려가란다
한 가정에 복이 되란다

예쁜 사람이나 미운 사람이나
하늘의 내리신 귀한 선물이다

어느 가정에서나 축복 속에
행복이 덩굴째 들어오는 행운
아름다운 인내와 바램의 열매이다

오랜 목마름 갈증 풀어 주심에 감사
온 가정 기다림 속에 얻은 歡喜 눈물
무엇으로도 맛볼 수 없는 달콤한 맛

기쁨의 환호
축복의 감사
누가 누릴 수가 있었을까

아름다운 날
축복의 날
큰 날개 펴고 온 세상 모든 곳에
큰 생각 곳곳에 넓게 펼쳐내길.

* 아들 翼 24회 生日에

코로나19의 아픔

숨쉬기조차 두려운 오늘
늘상 만나는 이웃사촌조차 반갑지 않은
요즘의 불안불안한 일상입니다

한마디 말씀으로 살기 위해 호흡하는 것도
함께 살아가는 이웃도 이제는 멀리해야 하는
참으로 기구한 삶을 사는 우리입니다

길거리를 다니려 해도 혹시나 저분이 혹시 하는
말로 모두 다 표현할 수가 없는 참으로 슬픈 순간
언제나 끝날까 언제나 사그라질까 오늘도 기다리는

쉼 없이 생겨나는 코로나19 확진자와
치료도 제대로 못 받고 세상을 떠났다는 안타까운 망자들
누구도 책임질 수 없는 지금의 상황을 어찌합니까

지금도 저려오는 안타까움 사람들의 무책임
나 하나쯤이야 하는 어리석고 비겁한 생각들
사회공동체 근간을 흔들고 있는 개인주의에 사람들

지금은 모두가 시련이 가득하고 희망이 없어 보이나
조금씩 가슴을 나누고 사랑을 한마음 내놓다 보면
숨통이 트일 오늘이 도래하리라 굳게 믿어 봅니다.

晩秋

익어가는 삶 속에
한 아름 행복 담아 본다

채워지는 그릇은
비어 있기에 받을 수 있었고

무뎌진 세월의 무게
한가지 두 가지 내놓으며
좋은 이웃을 얻어 기쁘다

喜怒哀樂의 삶 속에
고통도 희망을 주기에 감사하고

풍요하다는 것은 나눔의 시작
가슴에 채워지는 것은 부자

모두가 익어가는 가을의 여유
하나씩 비워내는 사랑을 배운다.

진주이야기

고통과 시련은
희생이 되어 쌓이고
새 생명을 탄생시켰습니다

몸을 녹이는 아픔
사랑의 결정체
하얀 눈물을 내놓으며

슬픔을 다듬고 곱게 빚어
순결을 소중히 간직한 희망으로
아름다움을 담았습니다.

자연이야기

하늘은 잿빛으로 가득하여
당장이라도 큰비를 쏟을 것 같은
한적한 산골 마을

낮게 내려앉은 안개구름
실바람 따라 너흘너흘
내 마음도 더덩실 춤을 춘다

밀려오는 센 바람에 흐늘흐늘
사라지며 큰 숨 내쉬면서

한 겹 한 겹 벗겨내는 구름 옷
보일 듯 보일 듯 푸른 속옷
살짝 선보이는 맨살의 하늘

오늘의 석별을 내려놓기 아쉬워
도랑의 거친 물 괴성을 질러 되며
세월을 실어 나르고 있다.

쉼터

고요하다
아름답다
산허리에 꼭 안긴 마을
사람 소린 들리지 않고

도랑의 물소리
산비탈 새소리
풀벌레 소리가 자리를 채운다

나뭇잎 소리도
들꽃의 웃음소리도
바람 님이 전해온다

내 발소리가
고요함을 깨운다

山野가 숨을 쉰다
평화가 가득하다.

소낙비 2

구름 한 점 없다
붉게 달궈진 해님 불볕을 내린다
사람들 잘 못한 게 많은가
뜨겁다
숨이 막힌다

힘센 바람이
검은 장막을 친다
우리 편인가
세상은 어둠에 침묵한다
번쩍 쿵
번쩍 쿵
튼튼한 물기둥을 세운다

긴 시간의 한 점에
청명한 몸을 내놓는다

변덕을 낸다

잔뜩 찌푸린 모습으로 되돌아가
천하를 호령하려 빛을 번쩍
또 물기둥을 세운다

내가 바르지 못하는 것일까
뒤돌아보아야겠다.

나뭇잎

나뭇잎 가족
이사를 한다
바람 가마 타고

아빠
엄마
애기
하늘 한 바퀴 맴을 돈다

여기 갔다
저기 갔다
오갈 데도 없는지
마당 한쪽에 자리를 잡는다
초라하다.

임의 길

하늘을 뵈오며
내 마음 드려

옳고 바름 갈림에
임을 찾았습니다.

그 길
평탄하지 않음
어찌 알 수 있으오만

앞서 증거하신 선님
뒤에 숨어 가려 합니다.

더위 사랑

한 홉 큼
땀방울 훔칩니다

심호흡을 하고
살아남아야지
너와 싸워 승리를 해야지

알아주지 않지만
보아주지도 않지마는
나 여기 있음을 기억하게

찐한 더위
잘 익은 인내
달콤하게 맛볼 수 있게

아,
여름이
끈기를 시험하게 한다.

그 길

한 걸음 두 걸음
또 한 걸음

뚜벅뚜벅 쉼 없이
하느님에게로 간다

마음을 비우고
깨끗한 영혼으로
성모님에게로 간다

나도 알고
너도 알고 있는 그 길
너무 험난함을 어찌할꼬

예수님도 힘들어 하시고
순교자들 목숨으로 바꾼
그 길을 우리는 가야 한다

내가 낙오되면
네가 끌어 주고
내가 넘어지면
네가 업어주면 된다

우리 모두 지쳐지면
힘 모아 함께 가면 된다.

나뭇잎의 꿈

휭
바람에 나뭇잎이 춤을
여름 예쁜 사랑 팔랑팔랑
춤 연습을 한다

경쾌한 바람 리듬 따라
먼 날 화려함을 꿈꾸며
춤을 춘다

내일,
그때가 오면
아름다운 비단옷 차려입고
임 품에 안겨 춤을 추는 꿈을 꾼다.

기쁜 날

기쁘다
한 아름 꽃을 안아도
꽃다운 여인을 맞이해도
이만큼 기쁘지 않겠지

가슴이 뛴다
황홀하도록 기쁘다
고마운 일이다
축하한다고 하니
어찌 행복한 일 아닐까

하늘 올려보고
땅을 둘러보니
만물이 춤을 추는 듯하다

고마운 일이다
행복한 일이다

내일도 오늘이고
모레도 오늘과 같이
매일 같이 있으면 좋겠다.

왜 삽니까

당신은 왜 삽니까
나 자신에게 물었다

글쎄요
내가 왜 사는지
나도 잘 모릅니다

그리고 옆 사람에게
당신은 왜 삽니까

나도 잘 모른단다

모두가 너도 나도
왜 사는지를 모른답니다

빈 주머니 차고 왔다가
제대로 채워보지도 못하고
끝을 내야 하는 서글픈 삶이기에

바람처럼 쉼 없이 왔다가
스치는 삶이기에 그런가 보다

그래도
하늘 한 번 쳐다보자
힘차게 땅도 밟아보자.

호박 사랑

온 세상이 내 것인 양
몸을 비틀며 여기에 저기에
물 솟듯 뿜어내어 남 땅을 점령한다

담벼락만이 내 것이다 했지만
굵다란 몸뚱이 이리저리 휘저으며
말을 듣지 않고 막무가내다

볼품없는 겉모습을 보노라면
괘씸하며 의리 없고 질서 없는 놈
걷어치우고 깨끗이 정리하고 싶다

꽃이라고 내놓은 노랑 별 잎은
벌 나비 불러 모아 잔치를 하는
그 마음이 고와 사랑을 주고 싶다

지구를 닮은 둥근 세상을 낳고
익어가는 시간을 맞이하는 마음
황금빛이 참으로 아름답고 경이롭다.

주어진 오늘

새날의 시작
하늘은 축복을 내리고
땅은 사랑을 내놓는다

하늘의 은총으로
사람이 되어 여기에

부모님 사랑 가득 안고
온 누리가 내 것인 양
희망을 가슴에 담는다

산들바람이 모른 척하며 돌아가도
큰바람이 아프게 상처를 주어도
땡볕이 목을 마르게 해도
하루의 시간이 두려워 장벽이 되어도

두 발 단단히 딛고
오늘도 변화의 길로 간다.

우리라는 것

너 나 우리는
부대끼며 여기에 있습니다

너는 내 것이고
나는 네 것입니다

나는 외롭고
너는 서럽고
우리는 그리워합니다

혼자는 나그네요
둘이는 벗이요
셋은 동행입니다

때가 다르고
곳이 다르기에
우리는 언제나 평행입니다

그래도
이렇게 저렇게 만나게 되고
아름답게 맺어지는 우리는
이웃사촌이며 한 사랑입니다.

내 사랑

사랑의 길목 아름다움은
모든 사람의 연인이 된다

톡톡 튀는 알곡 같은 만남
순순함을 맘에 담았지만
구름 가마 타고 훨훨 떠나고

설렌다
그립다
어제의 그날이

잡을 수 없는 계절
잊을 수 없는 인연
시간의 냉혹함에 눈물은 쌓이고
이제는 건널 수 없는 강을 만들었다.

함께 살아가기

왜 내가 좋습니까
왜 제가 싫습니까

내가 좋아도
제가 미워도
함께 가야 할 세상살이입니다

내가 좋으면 안아 주면 되고
제가 싫으면 말없이 침묵하면 됩니다

거친 손 내밀면 뜨겁게 잡아 주면 되고
내가 험한 길 함께 가자 할 때
동행할 마음이면 됩니다

모두가 한숨 죽이고
한 걸음 양보하고
심장이 멈춰 있다면
심장이 뛰게 감동을 주면 됩니다

돌부리에 걸려 넘어져 무릎이 깨지면 싸매어 주고
흙 묻은 손 잡아 일으켜 주면 됩니다

웃음을 잃어버렸다면
웃음주머니 크게 만들어
함께 크게 웃으면 됩니다.

당신의 손

온 맘 온몸 다 드려
오늘을 맞이한 당신의 손, 거친 손
마음 아파 살며시 잡아봅니다

수많은 날을 함께했던 공간 속에서
서로의 작은 행복도 생각할 수 없었던
알뜰한 손

한 가정의 맏며느리로
안녕과 행복을 나누기 위해
지혜를 다한 손입니다

가진 것 없는 집안을 꾸리기 위해
굳은살이 베이도록 부지런한 손

온몸 지쳐 있어도 한 틈의 순간도
지금을 떠날 수 없는 당신의 손은
사랑으로 담금질한 손입니다

고통과 슬픔 시련 속에
인내와 믿음으로 다져진
참으로 따뜻한 당신의 손

집안의 화목과 사랑의 곳을 위해
온 정성 모두 내놓은 당신의 손은
참으로 자랑스럽습니다.

제목 : 당신의 손
시낭송 : 박영애
스마트폰으로 QR 코드를 스캔하면
시낭송을 감상할 수 있습니다

115

영혼의 덫

모든 것에
한 틈도
한 쉼도
내 것이 아닌 듯한 늪

여유롭지 않음
찰나의 맞이함
숨을 멈추게 합니다

일상에서
얻어지는 고마운 것들이
나를 힘들게 했나 봅니다

사랑받고 있다는 것
행복하다는 것
하나하나가
황홀의 늪에 갇혀 있는 듯합니다
꼼짝 없이....,

호반의 나래

무지갯빛 가을 단풍이 자태를 뽐내는 이른 아침
푸른 보석 호수 운동장에 작은 음악회가 열렸습니다

햇빛을 머금은 물결은 악사가 되어 반주를 하고
호반을 찾은 새 가족들은 노래를 부르며 행복을 누립니다

물안개는 춤추며 깊어 가는 가을의 향연을
둘러앉은 나무들은 관중이 되었고
한 쌍의 오리 한가로이 노닐며
오솔길을 내어 쉬었다 가라고
나그네를 향해 손짓합니다

새털구름은 호반의 화판 위에
멋진 그림을 쉼 없이 그려내는
참으로 평화로움이 가득합니다

지친 이들이 잠시 머무는 쉼터
아픔과 시련을 녹여주는 하얀 호수
길게 비추는 찬란한 빛의 향연은
행복이 녹아드는 어머니의 사랑입니다.

오늘만 같아라

이런 날 저런 날
소중한 날 기쁜 날
의미 없이 비켜가고

이런 일 저런 일
처음과 끝이 없는

그늘이 있어도
시원하지 않고

뜨거운 땡볕이 있어도
무덥지 않음은

우리 모두가
오늘을 떠나갔기에 그런가 보다

풍요롭다
아름답다
행복하다
추석이다.

임의 자리

어디에 있을까
어떻게 지낼까
잘 지내고 있을까

시간은 나이를 먹어도
내 마음은 아직도 그때
그대로인 것은 왜일까

한 가슴 구석의 공간
아직도 채우지 못한 곳
비어 있음은 무슨 뜻일까

무엇으로 채워야 하지만
마음의 곳은 늘 제자리이다

이제는 채울 수 없는 그 자리
지나는 바람이라도 채워야겠다
임 소식이라도 듣게.

보름 2

하늘에 보름
땅에도 보름
마음도 보름
생각도 보름
나눔도 보름
사랑도 보름
온 세상이 보름입니다

보름달이 둥글둥글하니
내 마음도 둥글
네 마음도 둥글
온누리 둥글둥글
보름달을 닮아야겠다.

양말

사람 몸 아래 발 밑에서
주인의 무거운 몸을 등짐 진
참으로 어려운 생을 사는 양말

숨도 제대로 쉬지 못하며
어두운 막에 갇혀 충성을 다하고 있는
깊은 악취를 동무로 생각하며
거친 세상에서 열심히 살아가는 주인을 위해
獻身(헌신)을 다하는 숭고한 사랑 양말

긴 날의 아픔속에서
몸은 낡아 헤지고 구멍이 뚫리면
다시 기워 제자리로 돌아올 수 있다면 좋겠지만
무관심에 무참히 버려지는 너의 사랑

몸에서 소중한 한 부분을 보호해주는 너를
어려운 삶속에서도 향기를 내는 너를
사랑으로 犧牲(희생)을 다하는 너를
사람들 고마움을 아는지 모르는지.

경이롭다 가을

산과 들
무지갯빛 동산
황금바다

새벽안개 舞(춤)
신비의 세상을 펼친다

풀잎이랑 나뭇잎
옥구슬 주렁주렁
은구슬 달랑달랑

고운 빛 향연
세상이 보석 궁전이다.

아름다움의 절정

자태의 정점
수난의 결과
아름다움의 극치

오묘하다
해님의 特恩
자연의 신비

세상의 모든 것이
갖고 싶고
내 것이었으면
경이로움
가슴은 터지려 한다

그래도
땅은
씨앗을 틔운다.

노을

해넘이가
붉게 멍이 들었습니다
많이도 힘들었나 봅니다

조각구름 듬성듬성
아름다운 꽃이 되어
붉은 심장을 그려 놓았습니다

예쁘게 살았는지
나누며 살았는지
고마워하며 살았는지
뭔가 아쉬움이 많은 듯 합니다

마음은 노랗게 물들었습니다
노란 사랑입니다
행복했던 하루였습니다
내일이 기다려집니다.

제목 : 노을
시낭송 : 박영애
스마트폰으로 QR 코드를 스캔하면
시낭송을 감상할 수 있습니다

가슴을 열어라

세상의 것을 다 넣자
슬픔도
괴로움도
아쉬움도
고통도
행복도
사랑도
생각도
가슴에 넣고 살아보자

좁다면
크게 넓혀 보자

너의 모든 것을
나의 모든 것을
우리의 모든 것을
세상의 모든 것을 담아 보자.

희망으로

은총은 하늘에서
善한 이에게 나눠 주시고

사랑은 함께하는 이웃
뜨거운 가슴에서 나옵니다

세상에서 내놓는 사랑
아름다움으로 맞이하지 않음은
가슴이 없어 품지 못하는 것임을

그늘진 오늘
슬픔이 가득하고 무겁다고 하여도

고운 빛 쉼 없이 내리는 사랑
꿈이 되어 기억에 남겨지고
내일은 새 희망이 채워집니다.

아 울릉도

대해를 품은 하늘
듬직한 바위 높고 낮은 파도
부닥치며 내놓는 하얀 꽃의 힘

아름다운 일몰 내일의 약속
개척 인의 애달픈 노고와 애환
고귀한 삶의 터전 오늘에 이르고

빛 잃을 듯한 생명이 깜박거릴 적
명이나물 새순을 내놓으며 허기 메우고
긴 여정 한 발 한 발 이끌어 여기 있다

하늘을 지고 받치는 산머리는
온갖 전설을 만들어 내어
오가는 나그네 즐거움을 주고

깊은 바다 내놓는 생명의 물
민의 삶을 풍요롭게 하여
너 나 한마음 정이 넘쳐 온다

새벽 붉게 떠오르는 일출
한낮 빛으로의 시작은 울릉의 기쁨이 되고
끝 없이 일렁이는 파도의 忍耐
울릉 사람들 지침이 없는 끈기를 낳았다.

너랑 나랑

류동열 제2시집

2023년 6월 16일 초판 1쇄
2023년 6월 20일 발행
지 은 이 : 류동열
펴 낸 이 : 김락호
디자인 편집 : 이은희
기 획 : 시사랑음악사랑
연 락 처 : 1899-1341
홈페이지 주소 : www.poemmusic.net
E-Mail : poemarts@hanmail.net

정가 : 10,000원
ISBN : 979-11-6284-453-3